Made in the USA
Coppell, TX
27 June 2022

79280876R00111